KB267277

어머니의 숨결

숨시선 07

어머니의 숨결

송암 이인섭 시인의 첫 시집

그린아이

촌음寸陰도 아껴 써야 할 만큼
바쁘게 돌아가는 현대의 생활 속에서
시詩 안에 담긴
필자의 언어를 머리로 이해해야 하는
번거로움을 치워 버리고
쓰인 글자를 쉽게 눈으로 보며
가슴으로 느끼는 시를 쓰고 싶었습니다.
인류에
글자가 태동胎動한 이래
세계의 시인들이 추구했고
또 그렇게 써야만 했던 기성의 틀을 벗어나
그냥 눈으로 보며 편안한 가운데
마음에 평온의 느낌을 주는 글
책을 펴서 읽으면 심신에 차분함과
안정감을 느끼게 하는 그런 시를
쓰려고 했습니다.

복잡해서 어지럽고, 난해難解해서
힘든 시간을 잠시 접어두고
평안과 평온의 시간이 되시기를 소망하며
이 책 한 권을 드립니다.

송암 이인섭

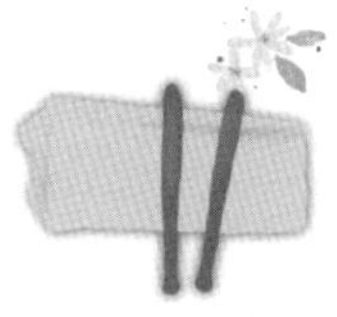

차 례

시인의 말•4

|제1부| **꽃으로 피어난 봄**

|제3부| **가을의 서정시**

꽃으로 피어난 봄

봄눈 내린 북한강 풍경

하얀 목화 솜이불 같은 봄눈에 덮인
울업산의 정경은
한 폭의 산수화같이 아름답고요

봄눈 먹은 북한강은
잔잔한 물결 일며
정이월의 낭만을 안겨줍니다

두 손을 꼭 잡고
새하얀 눈길에
두 사람의 발자국 곱게 그리며
거니는 행복을
강샘이라도 하는 듯

찬바람은 내 볼을
빨갛게 물들였지만
두 연인은 사랑의 울타리
장미꽃보다 향기로워

사랑의 깊이를 더해주는
봄눈 내린 북한강은 아름다워
천혜의 명소임을
다시 느껴봅니다.

봄으로 가는 길목

화사한 햇살이
산골짜기 잔설과 이별하고
읊조리듯 속삭이듯

엷은 얼음장 밑에서
눈, 눈물이 돌돌
새봄을 노래합니다

그렇게
희망 축복 함께한 봄이
우리 곁에 찾아옵니다.

봄의 발자국

봄바람이 사뿐히
지르밟고 지나간 자리에
또렷하게 새겨진 봄의 발자국

성급하게 고개 내민 새싹들이
파리하게 떨고 있구나

희미한 별빛 속에 감춰진
어둠을 분간 못한 새싹들 모습이
처연하구나

동해를 가르는
광명의 햇살이 백두에서 한라까지
찬연하게 비출 때

봄의 발자국마다
희망의 새싹들 힘차게 자라나
짙푸른 풍요의 세상 이룩하리라.

봄이 오는 길목에서

뒤꿈치 치켜들고
살금살금 기어드는 도둑처럼
살며시 찾아오는 그미는
희망 주는 천사입니다

뒷산 그늘진 한편에
하얗게 웅크려 앉아 있는 잔설 밑에선
사각사각 산초들 속삭임이 아련하고

윗마을 아랫마을
금 긋는 실개천 얼음장 밑에선
도란도란 희망의 밀어를 소곤대지요

그미가 찾아오는 길목에서
너도나도 하나 되어
희망의 부푼 꿈에 가슴을 활짝 폅니다.

춘삼월에는

햇살이 비껴간 비탈진 동산에
얼룩소 등덜미 닮은 잔설이
다소곳이 앉아 있네요

새서방 기다리는 신방의 새색시처럼
엷게 드리운 살얼음장 아래서
속삭이는 듯 흐느끼는 듯
돌돌 구르는 시냇물 소리도
정겹습니다

한여름 풍요로운 녹음을 위해
새싹을 분주하게 준비하는
시냇가
버드나무처럼 풍성한
가을의 수확을 위해

겨우내 묵혀 둔 연장을 꺼내 들고
저 광활한 삶의 현장으로
힘차게 나서야겠습니다.

춘삼월 찬가

샛바람에 실려온 온기가
죽은 듯 숨죽여 앉아 있는
뜰 밑 홍매화 가지에
꽃망울 움트게 하고

뒷논
물 고인 웅덩이에
웅크려 숨어 살던
개구리 입 떼어
목청 가다듬게 하니

그대는
춘삼월에 찾아와
죽었던 생물에 생기를 넣어주는
고마운 자연입니다

자연의 의사를 닮는 자
그대는 우리의 영웅인 것을.

임에게 바치는 세레나데

어둠이 살포시 걸어와
솜같이 포근함을 안겨주는
춘삼월의 그믐밤

보헤미안 랩소디
웅장하면서도 감미로운 음률이
좁다란 창틈을 비집고 기어들어
졸음 속 귓속을 간질이는데도

상암경기장에
빼곡히 드러누운
하이브리드 잔디 얼굴마냥
내 가슴에 무수히 명멸하는
그 임의 얼굴 보며

속절없이 펼쳐지는
상념의 들판을 서성입니다
춘삼월의 그믐밤이 까맣게
익어가는 줄도 모르고.

꽃으로 피어난 봄

달빛 서성이는 황량한 들판에서
생명의 끈 놓지 않은 너의 삶 여정에

온기 어린 손 내밀어준
내가 있어 너는 생기를 찾았으니
나는 너를 지켰고 너는 희망을 가졌지

역리는
결코 순리를 이길 수 없고
거짓은 결단코 진실을 덮을 수 없지

어둠에서 헤매던 너는 새싹으로 돋아나고
난 꽃으로 피어난 봄 되어
행복의 우리들 세상 꽃피우리라.

제비꽃

아무렇게나
얽히고설켜 죽은 가시덤불 헤집고
낮은 키 불구하고
강인하게 돋아난 꽃
제비꽃

가시덤불 헤쳐
초근목피 씹으며
보릿고개 넘어오신
우리 엄마 닮은 제비꽃

엄동의 설한풍을 용케 견디고
동구 밖 돌부리 밑에 앉아
자주색 예쁜 웃음 웃는 귀여운 꽃
제비꽃

자줏빛 웃음으로
잘살아라 응원하는 우리 엄마 모습
저 제비꽃 속에 담겨 있네.

민들레의 교훈

새봄이 오면 제일 먼저
하얀 꽃 노란 꽃 피워
새 생명의 계절이 왔음을
알려주는

하얀 깃털 날개 펴고
실바람에 실려
온 천지를 유영하는
자유로운 영혼

보도블록 틈새에서도
척박한 자갈밭에서도
끈질긴 생명력으로
강인한 삶의 의지를
웅변해 주는 생명력

보아주는 이 없어도
한결같이 활짝 웃는 얼굴로

환희의 찬가를 부르는
민들레꽃

그대는 정녕
삶을 교육하는
인생의 참 스승입니다.

개나리꽃 연가

춥고 어두운 터널 같은 겨울을 지나

노란 개나리꽃의 미소가
아름다운 길목에서
잔뜩 부푼 희망을 가슴에 안고
봄을 맞는다

산에도 들에도
고운 웃음으로 세상을 밝히는
개나리꽃의 향연이 찬연하여라

움츠렸던 어깨 활짝 펴고
개나리꽃 닮은 님 손 잡고
행복의 푸른 초장으로
달려가 보자.

살구꽃잎 찬가

씨방에 새끼 두고
나풀나풀
혜풍에 실려간 꽃잎이
화사하여라

생명 이어줄 씨앗
이별을 하고
자유를 노래하며
널따란 공간을 활보하는
연분홍 꽃잎들

숨지지 않고
영원히 우주를 유영하는
아름다운 영혼이어라.

어느 봄날

오늘은
화사한 햇살도
어여쁘고요

사랑하는
님의 품속같이
포근합니다

라일락 향기 닮은
그대와 함께
두 손 꼭 잡고
들길 걸으며
사랑 노래 부르고 싶어요.

제2부

비 오는 날의 수채화

산딸기의 추억

보석을 빚어 엮은 듯
주렁주렁 예쁜 산딸기를 가지에 달고
유월의 화사한 햇살과 입맞춤하던
아름다운 그 모습이 생생합니다

여름이 익어가는 유월이 되면
싱그러운 바람 맞으며 들길을 걷다가
빨갛게 미소 짓는 산딸기를 만나
시장끼를 채우던 그 시절이 아련합니다

달달함과 새콤함이 한몸 되어
허기진 입안을 행복으로 채워주던
고마운 산딸기

풍요와 풍성의 방석에 앉아
그때 그 시절을 회상하면서
눈시울을 붉힙니다
지금도 산딸기는 그 자리에 서 있을까요.

치자꽃 당신

희망을 꿈꾸는 새봄도
떠나보내고
질곡의 혹서기에 들어서는 계절

순백의 청순한 꽃 피워
지친 육신을
포근하게 안아주는 당신

향긋한 향기 뿜어
상처 난 가슴
아늑하게 만져주는 당신

당신은
내 인생에 동력을 공급하는
엔진입니다

내 사랑 당신을
삶의 무게 덜어주는
육칠월의 치자꽃이라 부르렵니다.

꼬리조팝나무꽃 당신

조그만 몸으로 다정하게
모여 앉은 꼬리조팝나무꽃
농부가 땀 흘려 가꾼 곡식

튼실한 알곡이 되라고
혹서의 칠팔월에 예쁜 꽃 피워
응원하는 고마운 꽃

농사에 지친 농부
심신 달래준 꼬리조팝나무꽃처럼
인고의 긴 세월 응원해준 당신
고마워요.

물안개 피는 언덕에 올라

산골 초막에 저녁연기 피어나듯
서리서리 서려 오르는 물안개 연출이
수려한 산야와 어우러져서 장관입니다

송골매 눈빛 닮은 눈초리로
사계를 경계하는 망루의 초병처럼
전망 좋은 찻집에서 감상하는 이 마음은
아마도 무릉도원에서와 같지 않을까요

발아래 외롭게 핀 한 떨기 산나리꽃도
찻집 지붕 위에서 웃음 짓는 능소화도
한 폭 수채화 닮은 경관을 보태줍니다

보슬비를 맞으며
한양으로, 한양으로
한양을 향해 굴러가는 남한강물에
온갖 시름 다 띄워 보내고
유유자적 무아의 경지를 서성입니다.

도장골의 여름밤

몽롱한 환영에 취한 영혼이
어둠의 뒤안길을 서성일 때

암흑을 하얗게 살라버린
가느다란 소리가
현실 감각의 눈을 뜬다

별들의 은은한 조명이
푸른 무대를 예쁘게 꾸며주면
이름 모를 악사들 고운 멜로디 협주
밤의 가황 소쩍새
홀로 감상하는 잔디밭 객석

청중의 귀 호강 안겨주며
도장골의 여름밤을
무지개 입은 서산의 구름같이
아름답게 흘러보내 준다.

자연에 물들고 싶어

재 넘어 송림 사이
돌고 돌며 노래하는 솔바람도
자동차 동구밖 자갈밭길 걸어가며
부르는 여름밤의 찬가 반주 되어
귓전에서 맴돌고

찬찬히 까만 어둠 속에
굴러가는 초승달도 세레나데 불러
스산한 마음 어루만져 주니

천장에 졸고 있는 전등불도 잠재우고
사색의 들판에 길게 누워
자연 닮은 삶을 조심스레 꿈꾼다.

자연의 교훈

닭 모가지를 비틀어도 새벽은 오듯
자연은 어김없이 내일을 준비합니다

독기 서린 서기도
처서의 비질로 쓸어버리고 나니
시원한 갈바람이
여유로운 웃음을 안겨주네요

성난 맹견의 포악함만큼이나
극심했던 올여름 같은
서기의 극성이야, 또 있을까 보냐

영롱한 이슬의 절기 백로가 되면
처서가 청소한 하늘에는
공군 비행기 삼각편대 비행 닮은
기러기 떼 군무로 예쁜 수를 놓고

긴 여행 준비 마친 제비 가족들
전신줄에 나란히 앉아
숨 고르며 지지배배 노래를 하죠

인류는 변함없이 윤회하는
계절의 의미를 아는지 모르는지
오늘도 욕심의 장난에 허덕이고만 있으니.

송계계곡

신의 명장이 빚은 듯
수려하고 아름답게 자리한
월악산을 휘돌아
은비늘 반짝이며 유유히
미끄러져 가는 물결이
하도 예뻐서
살며시 손 내밀어 만져봅니다

가늘게 주름진 손금 안에
붙잡힌 물방울이
영롱합니다

물결 속에 잠겨진
발가락 간질이는
꼬물꼬물 송사리들 입질도
정겹고요

듬성듬성
정좌 앉은 돌부리에 부딪혀
하얗게 부서지는
물거품도 어여쁩니다

송계계곡에
발 담그고
무념의 세계에 들면
명경지수의 경지에
이를 수 있으려나.

북한강 연가

파란 하늘 아래 무겁게 정좌한
운두산 머리 위에
붉은 노을이 물들어가면

상큼한 갈바람은
조용히 굴러가는 북한강에 윤슬 수놓아
아름다운 운치를 더해 줍니다

멀리 하얀 포말 그리며
살며시 미끄러져 가는 수상스키도
유쾌한 낭만을 안겨주고

정교하게 삼각편대를 이루며
남녘으로 비행하는 기러기 떼는
북한강의 서정을 노래합니다.

중미산 연가

구불구불 뱀처럼 서려진
산길을 따라
선어치 고갯마루에 올라 보니

올망졸망 늘어선
근엄한 자태의 산들이
저 멀리서 수려한 모습을 뽐내고

머리 위를 두둥실 떠가는
뭉게구름은
파란 하늘에 예쁜 수채화 그리는구나

중미산에 올라
세상에 찌든 가슴을
잠시 닫아두고
호연지기를 펼쳐본다.

비 오는 날의 수채화

빗속에 졸고 있는
가로등도 그려놓고
푸른 숲속에서 꿈꾸는 듯
고즈넉이 정좌한 붉은 벽돌집도
그렸습니다

비발디 사계의
여름 피아노 음률같이
격렬하다가도 잠자는 듯
조용히 남한강에 안기는
빗방울을 그리려다

빗방울이
불러주는 자장가에 젖어
달콤한 오수의 유혹에 빠져들었나

못다 그린 수채화엔
구겨진 붓꼬리의
어설픈 자국만이 서성입니다.

처서

벼 익는 소리로
온통 파란 들판을 들썩이게 하고
갈바람 불어 뒷동산 비탈에 늘어선
밤나무 가지에 알밤 살찌게 하는

그대는 인류에 풍만을 심어주는
풍요와 풍성의 아바타가 아닐는지

서산에 박명의 황혼이
억겁의 어둠 속에 숨어버리고 나면
귀뚜리 불러 이름 모를 풀벌레 협주에 맞춰
가을밤의 향연을 베풀게도 하니

그대는 인류에 유익을 베푸는 선행자이며
삶에 낭만을 입혀주는 낭만 가객이라
부르렵니다.

행복으로 가는 길

길을 걷는다
하얗게 꽃비 내린 들길을 걷는다
무심의 경지에서

다 해진
구두창 밑에서 소리를 낸다
뽀송뽀송

꽃잎의 비명인가
구두창의
환희의 절규인가

행복의 낙원 찾는 바톤은
젊은이에게 넘겨주고
유유자적 주마간산하며

흰 눈 덮인
들길을 걷는다
무욕과 무심을 가슴에 안고.

제3부

가을의 서정시

가을 단상

새털구름 너울 쓰고
갈바람에 실려 온 그대
색동옷 곱게 차려입은
그 모습이 찬연하네요

메마른 마음에도 가슴 뛰는
서정을 불러주는 그대

찬서리가 데려오는
만추가 된다 해도
낭만을 노래하는 그대는
인류의 삶을 살찌게 하는
희락의 매지션입니다.

가을의 서정시

수줍은 새색시 얼굴 닮은
붉은 노을이 서산을 물들일 때면
두엄 쌓인 퇴비장 위에선

한 떼의 고추잠자리 군무로 수를 놓고
들일하고 돌아오는 엄마
쫄래쫄래 따라오는 송아지 마중 나온
복슬강아지 사립문에 기댄 채
꼬리치며 반기는 모습이 정겹습니다

마당 한편에 쌓아 둔
콩 노적가리는 풍요의 결실을 노래하고
뒤란 한편에 풀숲 덮인 풋밤송이는
붉은 알밤 만들기에 분주하지요

평온과 평안이 함께하는
도장골의 가을 풍경은
한 편의 서정시가 됩니다.

이슬이 되어

푸르름으로 시각에
행복 입혀주는 산야
함초롬히 내려앉아
보석인 양 청아한 노래

더위에 지친 심신 달래주는
매미의 밥이 되어주고
한길에 흙먼지 뒤집어쓴
민들레 얼굴을 씻어
예쁜 웃음 짓게 하는

청결의 천사가 되시는 이슬
값도 없이 바람도 없이
인간의 기쁨으로 행복 주고
한 줌의 미련도 없이
홀연히 떠나는 이슬 되고 싶어라.

호숫가에 앉아

맑디맑은 물결이
예쁜 은비늘 되어
서늘한 초가을 바람
입맞춤하면

한길 가에 플라타너스 가지
숨었던 말매미
옆가슴 볼록이며
목청껏 노래하고
호숫가 버들강아지 손뼉 치며
흥겨워하네

저 멀리 동북을 가로지르는
열네 개 교각 위를 미끄러져 가는
성냥갑 닮은 빨간 달구지에
온갖 시름 모두 실어 날리고 싶다.

도장골의 초가을밤 풍경

아련한 그리움처럼
하얗게 부서지는 달빛에 이끌려
굳게 닫힌 마음의 창문을 열고
적막이 휘둘린 뜨락을 서성이는데

이름 모를 풀벌레의 향연은
초가을 도장골의 밤을
아름답게 수놓고
뒷산 멀리서 들려주는 소쩍새 노랫소리는
한밤의 고요를 예쁘게 만져줍니다

희뿌옇게 졸고 있는 가로등에
죽자고 달려드는 불나방 때문에 분주했던
누렇게 빛바랜 솔가지마저
축 늘어져 졸고 있고
바람도 잠이 들었는지

도장골의 초가을 밤은
예쁘고 신선한 서정을
품에 안고 조용히 여명을 기다립니다.

도장골의 가을밤에

고즈넉한 시골집 처마 끝에
불그레 미소 짓던
황혼이 이별을 고하면
말없이 찾아드는 까만 밤이
귀뚜리의 향연을 시작합니다

파란 하늘 객석
빼곡히 채운 미리내는
밝은 빛 쏘아대며 환호로 화답하고
은빛 수염 예쁜 억새는
갈바람 장단 따라 흥겹게 손뼉 치며
가을밤 향연에 젖어들지요

도장골의 가을밤은
이렇게 서정 어린 추억을 쌓아줍니다.

가을 전어

갈바람이 서늘한 기운으로
손등에 젖어들 때면

동그란 입 뻐끔거리며
수면 향해 쏜살같이 솟구치다가
하얀 배를 뒤집고
죽은 듯 수족관 바닥으로
떨어지는 전어들 모습이
삶의 몸부림치는
판단의 영역을 초월한다

집 나갔던 며느리도 귀환하게 한다는
가을 전어의 풍미를
입안 가득 느껴보고 싶은데

전어 굽는 냄새에
강화도 어시장 한편에서
입맛만 다시다가.

코스모스 곱게 핀 들길에서

가을빛 상큼한 아침 햇살이
환하게 미소 짓는 꽃잎에 입맞춤하면
아침 이슬 또르르 헤어지며
애교스러운 눈을 흘긴다

자연의 시샘도
인간의 사랑을
능가하나 봐

코스모스 곱게 핀 들길을 걸으며
순수와 순결의 인성을 배우고
태양이 보내주는 강렬한 빛의 성원을 받아
굳건한 삶의 의지를 다지게 되니

그대 코스모스는
인간의 삶을 훈육하는 참 스승입니다.

낙엽의 소리

이슬이 얼어 서리로 내려
초록의 산야가 갈색 옷 갈아입으면

댑바람에 흩날리는
갈잎이 노래 부른다

구르몽의 낙엽이 아니어도
서정 어린 낭만이 춤추는 것을.

알밤의 추억

힘주어 옹그린 고슴도치 모양
앙다문 입술에 화사한 햇살이
침을 놓으면
짙붉은 나신을 예쁘게 드러내는
그대를 알밤이라 하지요

이리 엉키고 저리 엉킨
가시덤불 헤집으며
알밤 줍는 재미를 즐기다 보면
뒤웅박만큼이나
커다란 말벌 집에 놀라기도 하고요

똬리 틀고 숨어 있는
살모사에 전율을 느끼던 그 시절
서늘한 바람 높다란 하늘에
하얀 구름이 여울져 가고

고추잠자리 떼 지은 군무로
초가을 노래하는 장관을 보며
알밤 줍던 즐거움을 추억해 봅니다.

모퉁이를 돌아서 보니

가을 하늘 닮은 넓은 들길을 걸었다
뻐꾸기가 노래하는 산을 넘고
도란도란 여울져 굴러가는 물을 건너서
파란 들길도 걸었지

걷다가 돌아다보니
물도 건넜고 산도 넘으며
들길도 걸었네

이제껏 걸어온 길에
미련이야 없겠냐마는
그래도 여기까지 걸어온 길이
그 아니 대견할쏘냐

하얗게 서리 내린 머리를 이고
모퉁이 돌아서서 생각해 보니

내가 산 넘고 물 건너 들길을
걸어온 길에 후회는 없다.

만추의 길목에서

뜨거웠던 해변의 낭만을 이별하고
만산홍엽의 서정을 꿈꾸는 시월

송암 나들목 옆 뒤안길에
수줍어 얌전히 앉아 있는 들국화 무리
가쁜 세월의 숨을 잠시 고르게 한다

깨소금의 언어보다 더 고소하고
드넓은 바이칼호수의 잔잔한 언어보다
더 평온한 마음을 입혀주는
들국화의 속삭임을 가슴 깊이 담으며

세속의 잡다한 상념들은
뒤주 속 깊숙이 묻어두고
평안과 평온을 염원하는 마음을 담아
간절한 기도로 시월의 아침을 연다.

만추의 풍경화

널따란 담벼락에
가을을 그리며
살포시 내려앉는
노란 은행잎

소슬바람에
팔랑팔랑 춤추며
떨어지는
빨간 단풍잎

이 모두가 가을이
우리에게 스산함을 안겨주는
풍경화인걸.

만추에 기도를

파란 하늘을 닮고 싶어
높이 솟아오른 감나무 가지에
수줍어 얼굴 붉힌 홍시의 자태가 애잔하구나

풍요와 풍성이 넘실대는 가을이
만추의 달 한가운데를
숨가쁘게 달려가고 있다

동짓달은
한 해 동안 애써 일한 결과를
풍성한 알곡으로 보상받는 시간이라

섣달은 새로 찾아오는 해의
넉넉한 삶을 위해 준비한 시간이라

자연이 정해 준 시간표 따라 사는 인생
큰 행운과 넘치는 축복이 함께하기를
만추의 보름날에
간절한 마음으로 기도한다.

바다의 교향시

높고 파랗게 색칠된
하늘에 매달린 태양이

만추의 한적한
바닷가 갯바위에
부서지는 파도를
하얗게 안아줍니다

먹이 찾아 떼 지어 떠도는
갈매기는 끼룩끼룩
환상의 노래를 읊조립니다

바다는 언제나
아름다운 몸짓으로
잔잔한 음악으로
지친 심신을 따뜻하게 보듬어 줍니다.

한 시절 철새를 날려보내며

사랑 그윽한 백합꽃 닮은 눈길이
깨진 유리 조각 같은 파편 되어

가슴에 박히며 또렷했던
마음의 망원경에 안개가 끼고

열애로 불타던 심장엔
서늘한 한기가 스며들지요

엇갈린 큐피드의 화살이기에
한 시절의 철새를 날려보내고

윗목에 잠자는 화로를 내려
따뜻한 숯불을 지피며
독백처럼 읊조립니다.

갈색 추억 한 자락

곧게 뻗은 신작로 지름길을 버린 우리는
갈대꽃이 춤추고 오래전 숨 멈춘
물방앗간이 있는 에움길을 좋아했었지

황금빛 물결 일렁이는 들판 논둑길 돌며
메뚜기 잡아 강아지풀 꽃대에 꿰는 재미에
푹 빠져 놀았던

맑은 물 요도천에
물수제비뜨기 놀이로
유유히 노니는 송사리 피라미 떼 놀래는 유희들이
도장골 앞 백산에 갈바람 일어

갈색 옷 갈아입은 가을을 맞아
하얗게 서리 내린 머리 매만지며
한 줄기 갈색 추억에 젖어들게 합니다.

|제4부|

촌로의 소망

첫눈 내리는 밤에

빨갛게 상기된 두 볼
매만지는 연인의 손길처럼
졸고 있는 가로등에
안기는 눈송이 모습이 포근하구나

눈이 눈인 듯 아닌 듯
살며시 왔다 가는 게 첫눈이 아니던가

한여름 소낙비처럼
함박눈 내리는 장관을 연출함은
어지러운 인간사
묻어주는 자연의 시혜가 아닐는지

풍요의 을사년 전조인 듯하여
만족의 미소를 지으며 돌아눕는다.

복수초는 말합니다

한밤의 명상에
깔리는 배경 음악처럼
조용히 내려앉는 흰 눈 맞으며

노란 미소 잃지 않는
복수초
강인한 대한민국의 표상이요
순박한 백의민족의 상징입니다.

행복 짓는 겨울 여행

하루 일 마치고
돌아오는 일소가 찍어낸
엷은 그림자 드리워진
산골짜기에 얼룩소 닮은 잔설이
모여 앉아 하얀 미소를 보낸다

또 다른
널따란 산골짜기
조명등이 하얗게 불 밝히고

스키어 실은 리프트
움직임이 분주해지면
하얀 슬로프에 스키어의 행복한 웃음꽃이 만개하네

겨울 여행은 이렇게
까만 밤을 하얗게 지새우며
펠리체를 마음속에 한가득 지어준다.

*펠리체(felice) : 이탈리아어로 행복, 즐거움.

찬서리 영롱한 이슬이 되어

어둠이 묵직하게 드리워진
동구밖 솟대 위에
스산한 바람을 맞으며
여명을 기다린다

가시밭 험난한 숲길도 앉아 봤고
풍요와 풍성이 일렁이는
넉넉한 들길도 앉아 봤는데

난데없이 찾아든
아닌 밤중에 홍두깨 같은 폭풍 한설이
포근한 여명을 기다리는 마음을
혼란케 하는구나

메시아여!

중앙탑 공원의 하루

잘 다듬어진 잔디밭 위에
폴짝폴짝 한가롭게 노니는
참새 한 마리의 앙증맞은 모습에서
자연의 아름다움을 느낄 수 있고

잿빛 하늘을 다정하게 날아가는
검은 깃의 신사 까마귀 한 쌍의
밀어가 정겨운 곳

산골 마을
도장골의 눈 내리는 새벽같이
고요가 감싸안은 남한강의 조정지에서
쏜살같이 물살을 가르며 다가오는
조정 보트에서 생의 시간 속도도
상상해 볼 수 있는 곳

천혜의 자연이 숨쉬는
중앙탑 공원에 앉아

평온한 마음으로
지나온 세월을 추억하며
미래의 삶에 심취해 본다.

촌로의 소망

아무렇게나 흩어진
흙 봉당의 짚신짝처럼
어지러운 마음이 스산합니다

까맣게 익어버린 밤하늘에
차갑게 얼어붙은 별빛도
그러하고

문풍지 넘어 살살대며
기어드는 찬바람도
그러합니다

불현듯이
보리수나무 밑에서 득도한
고타마 싯다르타같이
무언가를 깨달은

하얗게 서리 내린 머리의 촌로는
자리 걷고 일어나
격자문 밖 까만 하늘 향해
간절히 기도를 합니다

그 무엇인가를
그 누군가를 위해서.

서산의 붉은 노을과 동해의 붉은 노을

서산에 지는 붉은 노을은
내일을 잉태한 산실의 휘장이요
동해에 지는 붉은 노을은
희망의 오늘을 순산한 환희의 카펫입니다

험난하여 고달픈 인생길을 걸어도
희망의 끈을 놓치지 않으면
염원이 이루어지는 여명이 곧 오리니

열락을 노래하는 온갖 새소리 청아하고
만산홍엽의 흐드러진 자태가
눈에 호강을 입혀줄 것이니
열심히 삽질하며 그날을 기다려 보시구려.

고마운 자연의 섭리

봄이면 혜풍 불어
기쁨을 주고
여름이면 훈풍 불어
시원함 주고

가을이면 금풍 불어
풍성함으로 살을 찌우고
겨울 되면 삭풍 불어
우리 몸 강인하게 키워주니

자연은 정녕
인간에게 보내는 마술입니다.

섣달에 기도를

갈색 치맛자락 펄럭이며
노을 지는 서산마루 넘는 구름처럼

억겁의 뒤안길로 돌아서는 세월에
아쉬움이야 없으리요만

오 헨리가 그려놓은 마지막 잎새처럼
달랑 한 장 남은 달력의 소중함을
농구 경기 남은 오 초에 비길까 보냐

섣달의 시간
행복 짓는 불쏘시개 삼아
아끼고 보듬어서
찰진 새해 지으시옵소서.

그리움에

깊은 옹달샘처럼
고요히 잠든 내 가슴에
찾아드는 그리움
너무나도 애달프게 저려옵니다

오수에 젖어든 나뭇잎에
조요하는 한낮의 햇살도
그리움을 부추기는 듯
파리하게 떨고 있는데

이름 모를 들새도 창밖에 찾아와
슬픈 노래 불러
심란한 가슴을 졸여주네요

그리움이 미움 되어
떠나갈까 봐 조용히 눈을 감고
행복했던 그날들을 추억해 봅니다.

카오스의 혼돈을

그리움이 삭이어져 미움이 되고
심연에 빠져버린 영혼에
시퍼런 멍을 만들면

상념의 벌판에서 갈 곳 몰라
서성이는 범부들의 칼바람 일어
벨리알의 준동이 혼을 빼는데

천사의 노래 타고
홀연히 나타난 메시아가
카오스의 혼란을 걷어치우고
코스모스의 새 세상을 구축하리라.

제5부

뮤즈의 축복

가치 있는 삶

벽장 속 깊숙이 묻어 둔 꿀단지처럼
오롯이 피어나는 달콤한 어제들이

자꾸만 내 가슴을 설레게 함은
올곧은 삶을 추구한 생의 여정이
대견하고 자랑스럽기 때문입니다

빛나던 검은 머리에 하얀 서리 내린
오늘에 와 회상해 보니

불의와 부정을 거부하고
정의와 정도의 길을 걸어오며
순결과 정직한 삶의 철학을 견지해온
나에게 경의의 박수와
영광의 훈장을 달아주고 싶습니다.

뮤즈의 축복

행복은 꿈꾸는 자에게만 베푸는
창조주의 은혜입니다

뮤즈가 주는 영감에
예쁜 글자를 더하여
행복을 엮어보고 싶어

시상이 춤추는 뮤즈의 언덕에 올라
한 줄 시어를 적어봅니다.

*뮤즈(Muse):아폴로 신에게 시중드는 학예(學藝)의 신·음악과 시(詩)의 신.

행복의 지름길

장미가 예쁘기만 한 건
숨겨진 가시를 외면하기 때문이고
파란 하늘에 수놓은 구름이 아름다운 건
폭풍우의 공포를 잊기 때문이죠

길고 긴 삶의 여정에
어찌 좋은 일만 있을까 보냐
때론 묻어주고 가끔은 잊어주며
공감의 지경을 넓혀가다 보면

참된 진정한 행복
아쉬레의 삶을 살게 되지 않을까.

*아쉬레:실제로 하나님을 가까이할 때 누리는 내적인 행복.

망각은 행복의 산실인 것을

시간이 엮는 세월의 발에 가린 인생이야
실루엣처럼 희미하지만
그 안엔 긴 세월 영욕의 만사가
함께 존재하는,

영원히 간직하고 싶은 영의 역사도
순간마저 잊고 싶은 육의 역사도
함께 존재하여

신이 내려준 망각이
인간의 행복을 짓는
사랑의 산실이라 하지 않던가

망각의 천혜를 기쁨으로 받잡고
마음의 주유천하를 즐기며
익은 삶을 맘껏 구가하소서.

기도는 축복의 통로

성지 순례자들 기도하는 행렬이
뒷동산 넘어 수수밭에 가지런히 늘어서서
고개 숙인 수수 이삭을 닮았습니다

알알이 엮인 기복의 기도는
끝을 거부하는 간절한 소망의
성찬이 되고

범부는 알 수 없는
방언의 기도가
새벽녘 호숫가에 피어나는 물안개처럼
삶에 지친 심신을
포근하게 안아줍니다

오늘도 순례자는
서산에 비껴가는 노을을 지고
장 프랑수아 밀레 만종의 부부처럼
기도합니다.

두물머리의 기도

운길산 정기 받아
평온과 평안이 넘실대는 두물머리에
남과 북에서 굴러온 한강이
얼싸안고 한몸 되어 평화를 노래합니다

희망의 태양도
화사한 햇살 보내
은비늘 만들어 축복하는데

우리는
언제라서 하나 된 안락한 평화를
누릴 수 있으려나.

세상길 걷다 보면

양수의 늪에서 벗어난 환희의 일성인지
가시밭길 걸어가야 할지도 모르는
미래의 두려움에 내지르는
공포의 괴성일지도 모르는

고고지성으로 시작되는
삶의 여정엔 태산준령을 넘는
피를 토하고 살을 에는
고난의 역경도 겪을 수 있고

잔잔한 인레호수의 인따 사람처럼
평온과 행복한 삶도 있어
내일을 모르는 하루살이의 삶에도

떼 지어 행복의 나래를 펴고
내년을 모르는 매미도
희락의 노래를
목청껏 부르지 않던가

근심과 걱정이
스멀스멀 기어들 때는
잘될 거야를 속삭이고
미움이 슬금슬금 서려올 때는
용서와 사랑을 되뇌며
열락의 축제만 있는 삶을 살리라.

*인레호수의 인따 사람:미얀마 북동부에 있는 호수 주변에 사는 수상 민족.

길

시간이 엮어가는 세월 따라
걸어온 길
왜 아니 채찍비 맞으며
살을 에는 고통의 순간들이야
없었겠냐마는

그래도
인의 의미를 가슴 깊이 새기며
두 주먹 불끈 쥐고
헤쳐온 길

하얗게 서리 내린
지금에 와 생각해 보니
꿈만 같은 세월이었구나

그 길에 수도 없이
스쳐 지나간 인연들
오래오래 간직하고 싶은

소중한 선연도 많았고
잊고 싶은 서글픈 악연도 많았지

모두가 한 시절 인생길에
스쳐간 필연의
시절의 인연인 것을.

아름다운 인생

화톳불 피워놓고
둥글게 모여 앉아
광란의 춤을 추며
즐거움으로 밤을 지새우던
그 모습이

환희의 잔영으로
사색의 들판에서
서성이는 뇌리에
실루엣으로 스며듭니다

이토록
아름다운 추억은
청춘의 시간이 간직한
불타는 패기요
불꽃 같은 열정이지요

긴긴 세월의
등줄기를 타고 온
패기와 열정이
천사의 어휘가 되고
성자의 몸짓이 되어

아주 작으나마
이 사회에 이로운
등불이 되니
이러한 삶이
아름다운 인생이라
불립니다.

삶을 구원하는 지혜

지혜는 생명의 끈이요
삶을 구원하는 구세주입니다

고슴도치가
밤송이 되어 위험을 피하고
개미귀신이
모래밭에 개미지옥 지어놓고
먹이를 구하듯

생존을 위한 지혜는
다양하면서도
경이롭기까지 합니다

인류는
지구가 부서지고
멸실되어도
멸망하지 않을 겁니다

과학이란 이름으로
지혜를 쌓아 올려
또 다른 행성으로
이주할 수 있을 테니까요.

언어의 성찬

태어나면서 내는 고고의 성은
공포의 괴성인지
비단길 걸어갈 환희의 탄성인지
모르지 않는가

그래도 우리 필부들은
환희의 탄성으로 믿고 싶어진다

칭찬은 고래도 춤추게 한다지 않던가
긍정을 빚어 나오는 말은
이 사회를 환하게
세상을 아름답게 꾸미는
언어의 성찬이 된다.

자유로운 영혼

칠흑을 발라 놓은 듯
캄캄한 어둠이 드리워진 서재에서
잠시 삶의 여정을 철학해 본다

생로병사 난해한 글귀가 아니어도
충분히 조명해 볼 가치가 있음이 느껴진다

태어나고 배우고
일하고 병들고
흙으로 돌아가는 인생

무언가를
남겨야 한다는 미련 같은 건
말끔하게 걷어치우고
자유로운 영혼으로 살고 싶다.

아름다운 이별

널따란 상념의 벌판에
그리움만 한 자락 깔아 놓고 떠난
그 임이 못내 아쉬워

한 톨 남은 미련을 가슴에 안고
통곡의 강가에 서서
하늘에 떠 가는 구름에
회한을 실려 보내고

흘러가는 강물에
한 톨 남은 미련마저 던져 버렸다

칼침 맞은 상처에 새살이 돋듯
아무 일도 없었던 것처럼
일상으로 돌아와
내일을 위한 삽질을 한다.

제6부

사랑의 세레나데

어머니의 숨결

척박한 돌시렁 땅에
뿌리내려 삶을 지킨 갯고들빼기
모진 풍파 다 이기고
샛노란 꽃 피워 승리의 미소 짓는
그 모습이 우리 엄마를 닮았습니다

바람 불면 바위틈에 몸 숨겨 재난 피하고
가뭄 들면 손톱이 문드러지도록 땅 헤집어
연명한 갯고들빼기

저 멀리
파랗게 밀려왔다 하얗게 부서지는
파도가 주는 속 깊은 사연들이
가슴을 아리게 하네요

바닷가 그늘에 앉아
말해 주는 그 옛날의
가슴 시린 엄마의 삶을 음미해 보니

풍요의 동산에 널려진
행복의 몸짓들이
자꾸만 눈시울을 붉게 합니다.

나락으로 걸어가는 반목이여 안녕

빈 가슴 채워주는
너는 나의 반려자
너의 사랑 먹고사는
나는 연리지

삶의 긴 여정에
다름이야 없겠냐마는

다름을 인정하고
사랑으로 보듬고
신뢰를 쌓아갈 때
비익조 되어
희망의 창공을 날 수 있지 않겠나.

부부

도란도란 속삭이는 밀어가
향긋한 호감 되어
메말라 텅 빈 가슴에
살금살금 스며들어

사랑 꼭꼭 눌러 담은
우리 엄마 도시락처럼
빈 가슴 하나 가득 채우고 나니
사랑의 씨앗이 배태되나 봐

마주 보며 웃음 짓는 눈길마다
사랑의 향내 흘러넘치고
꼭 안은 두 몸 안엔
행복의 천사가 함께합니다.

사랑 그리고 행복

마주 보는 눈길에
꿀 같은 사랑의 숨결이 흐르고
마주 잡은 손길에
뜨거운 숨결이 통하는 통로가 열린다

가시밭길 걸어도 힘들지 않은
두 손 맞잡고 마주 보며
걷는 길에 행복이 강같이 흐른다.

사랑과 행복은 가시버시인 걸

눈가에 둥글게 피어난 웃음꽃
귓가에 빨갛게 걸려 앉은 입꼬리꽃

답답한 마음을 휑하니 뚫어주는 가슴꽃
사랑 없이 못 피는 꽃이랍니다

사랑은
행복을 엮어주는 매지션이기에
사랑과 행복은 한몸 된
가시버시라 부른답니다.

사랑의 세레나데

천상의 별들같이
수많은 사람 중에
너와 나는 서로 만나 사랑을 했다

일편단심 사랑꾼 흰머리수리처럼
나는 너만을 사랑했고
너는 나만의 사람이었다

붉게 물든 석양을 등에 지고
까맣게 익어가는 너의 창가에 서서
못다 부른 노래를 한다.

사랑 먹고 피는 꽃

꽃잎에 맺힌 이슬처럼 영롱하고
꽃밭에 핀 백합 닮아 순결하며
은쟁반에 옥구슬 소리같이 청량한
이런 사랑을

신혼의 원앙 닮은 부부가 꿈꾸는
예쁜 사랑 아름다운 사랑이라 하지요

쓰다듬어 키워주고
보듬어 지켜주며,
토닥여 안아주는 그런 사랑을
알콩달콩 그렇게 가꾸어 가며
천사도 부러워하는 꽃을 피웁니다

사랑은 화사하고 고귀하며
참되고 아름다운 행복의 꽃을
영원토록 활짝 피웁니다.

사랑의 미학

온 우주 삼라만상에
사랑의 옷을 입히면
우아함과 아름다운
미의 향기가 있고

메마른 가슴에
즐거움과 행복의 기운이
서리서리
피어나게도 합니다

유락을 즐길 수 있게 하여
인생의 단맛을 안겨주는
마법 같은 천사요
매지션이 되죠

오늘도 잠에서 깨어나
가슴속 깊이
사랑의 비단옷을 곱게 차려입고

무명지의 가락지를 매만지며
사랑의 미학을
상큼하게 음미해 봅니다.

사랑의 향기

너와 나는 사랑했다
하늘길 따라 태평양 넘나드는
거리는 멀지만,
바람에 실려온 사랑 젖은 너의 향기를
가슴 서리도록 폐부에 담는다

네 사랑의 향기는
나를 살게 하는 영양이요 힘이요 희망이기에
오늘도 내일도
영원무궁토록 내 마음을 채운다

동녘에 태양이 솟을 때도
서산에 붉은 노을이 이별을 고할 때도
너와 나는 서로의 안녕을 기도했지
아주아주 경건하고 간절한 기도를

하늘보다 드넓고 바다보다 더 깊은
너와 나 사랑의 향기는

우주를 채우고도 남나니
세상을 밝히는 등불로 비추고 싶어라.

사랑의 기쁨

마주하며 눈 감은
그 모습이 하도 예뻐서
살며시 내밀어 입맞춤하면

잠자던 사랑이
몰래 일어나
꿀맛의 눈빛을 쏘아줍니다

사랑으로 달뜬
환희의 찬가를
읊조리면서.

설렘이 묻어나는 기다림

근엄한 척 뒷짐지고 서성이는 모습이
어설픈 몇 해 만의 해후인가
사무치도록 그리운 나의 분신을

거대한 날틀에 몸을 실은 소식이
잠자던 두 눈을 번쩍 뜨고
까만 밤을 하얗게 지새우게 한다

맨손으로 이국으로 떠나던 모습이
주류사회의 일원으로 우뚝 서서
돌아오는 지금의 모습에 겹쳐 보여

그간 겪어 왔을
고난의 풍랑이 아른거리니
자꾸만 눈물이 장대비처럼 쏟아져 내린다.

사랑의 모정

서편에 해 질 무렵
동쪽에 상현달이
좁다란 창틈 비집고 찾아들어
하얀 미소로 인사를 한다

두 눈 붉어진 모녀는
무엇이 아쉬운지 식탁에 마주 앉아
두런두런 이야기가 끝이 없구나

천륜의 모정이
지어내는 사랑의 언어가
두 마음을 하나로 묶어가는데
시린 가슴에 스미는 아쉬움에
고개 숙인 자식은
닭똥 같은 눈물만 떨구는구나

이 밤이 새고 나면 태평양 건너
먼 물리적 거리가 모녀를 갈라놓지만

사랑의 모정은 천만리 먼 길을 넘나들며
하늘에 닿는 사랑의 공든 탑을 쌓아가리라.

소쩍새 우는 밤에

수명 다해 돌아가신 뒤안길
옆 감나무에 찾아온 소쩍새 한 마리
소쩍소쩍 울음 울어
잠 깨워 까맣게나 멀리 계신 옛일을
소환해 주네요

뒷동산 텃밭에 호박 심으려
똥지게에 똥장군 지고 가시던
아버지 모습

웃풍에 깜박이는 호롱불 밑에서
왼쪽 무릎 세우시고 내복 기우시던
어머니 모습

소쩍새
가느다랗게 울음 울어
두 세대 반보다도 훨씬 먼
옛이야기를 생생하게 떠올려 주네요

할머니가 구워주신 살치살이
맛없다 투덜대던
손녀의 모습

폴로 랄프로랜 팬티가
거칠다며 입기를 거부하던
손자의 모습이 대비되어

우리 부모님께서 걸어오신
그 길이 눈물이 되어
자꾸만 두 볼을 적시웁니다.

사랑이 넉넉한 해를

백합꽃보다 순백하고
라일락 향기보다 달콤하며
장미꽃보다 아름다운
가슴속을 가득히 채운
사랑

미움이 북받쳐도
사랑으로 감싸안고
역경이 모질게 몰아쳐도
사랑으로 극복하며

모든
삶의 희로애락을
솜처럼 포근하고
꿀처럼 달콤하며
엄마의 지고지순한
사랑만큼

그런
사랑이 넉넉한 마음으로
한 해를 살아갈 수 있도록
한없는 축복을 부어 주시옵소서.

사랑은 행복의 원천

공기가 맛도 없고
형상도 없으면서
생명을 살리는
필수 요소가 되듯

사랑은 값도 계산할 수 없고
측정할 수도 없지만
행복을 키우는 뿌리가 되죠

가족간 사랑은
화목한 가정의 근원이 되고
이웃간 사랑은
세상을 밝히는 등불이 되나니

사랑은 인류가 꿈꾸는
행복한 세상 파라다이스를
건설하는 원천입니다.

어머니의 숨결

초판 1쇄 발행 2026년 2월 12일

지은이 | 이인섭
만든이 | 이한나
펴낸이 | 이영규
펴낸곳 | 도서출판 그린아이

등록 연월일 | 2003. 12. 02.
등록 번호 | 제2-3893호
주소 | 서울특별시 은평구 녹번로 6-11, 201호
전화 | 02)355-3035
이메일 | gmh2269@hanmail.net

ISBN 979-11-91376-66-1(03810)